Vente le Samedi 15 Juin 1867.

COLLECTION

LACHNICKI

Mᵉ Charles PILLET,
COMMISSAIRE-PRISEUR

M. HORSIN-DÉON,
EXPERT

1867

COLLECTION

LACHNICKI

CONDITIONS DE LA VENTE

Elle sera faite au comptant.

L'adjudicataire payera *cinq pour cent* en sus de l'enchère.

L'exposition mettant le public à même de se rendre compte de l'état des objets, il ne sera admis aucune réclamation une fois l'adjudication prononcée.

CE CATALOGUE SE TROUVE :

A Paris,   chez MM. *Charles Pillet*, commissaire-priseur, rue de Choiseul, 11.

A Londres,   *Horsin-Déon*, peintre expert, 15, rue des Moulins.

—   *Colnaghi*, Pall-Mall-East, 14.

—   *John Webb*, 22, Cork-Street, Burlington-Garden.

—   *H. Durlacher*, 113, New-Bond street.

—   *Annoot*, 16, Old-Bond street.

—   *F. Davis*, 101, New-Bond street.

A Bruxelles,   *Gambart*, 120, Pall-Mall.

—   *Etienne Leroy*, 12, place du Grand-Sablon.

A Berlin,   *Héris.*

—   *Fiocati*, Unter den Linden, 21.

A Vienne,   *Lepké*, Unter den Linden, 12.

—   *Artaria* et Cᵉ.

A Francfort-s.-Mein,   Maison *Goupil*, représentant M. *Kaeser.*

—   *Lœwenstein* frères, Zeil.

A Saint-Pétersbourg,   *Goldschmidt*, Zeil, hôtel de Russie.

A La Haye,   *Baer (Antoine)*, place Schiller.

A Rotterdam,   *Negri* père et fils.

A Rome,   *Van Gogh*, marchand d'estampes.

Lamme, conservateur du Musée.

Menchetti, via Babuino.

Imprimé chez PILLET fils aîné, rue des Grands-Augustins, 5.

CATALOGUE

DE LA COLLECTION

DE

TABLEAUX

DE M. LACHNICKI

DONT LA VENTE AURA LIEU

HOTEL DROUOT, SALLE N° 8

Le Samedi 15 juin 1867

A DEUX HEURES

Par le ministère de M° CHARLES PILLET, Commissaire-Priseur
11, RUE DE CHOISEUL

Assisté de M. HORSIN-DÉON, Peintre Expert
15, RUE DES MOULINS

EXPOSITIONS :

Particulière, le Jeudi 13 Juin 1867
Publique, le Vendredi 14 Juin 1867

DE UNE HEURE A CINQ HEURES.

La Collection Lachnicki, dont nous offrons le Catalogue, mérite l'attention bienveillante des Amateurs, non-seulement parce qu'elle renferme des œuvres d'une haute valeur, mais aussi parce qu'elle a été formée par un homme dont les connaissances artistiques sont fort estimées en Russie.

A peine âgé de vingt ans, simple sous-lieutenant de la garde, M. Lachnicki se fit remarquer de l'Empereur Nicolas Ier par la Collection de Tableaux qu'il avait réunie.

L'Empereur lui confia le soin de rechercher dans l'ancien Ermitage, dans les palais impériaux extra-muros et les greniers du Palais d'hiver, les peintures qui composent aujourd'hui le magnifique nouveau Musée. Le jeune âge de M. Lachnicki fit sourire les académiciens; mais bientôt il justifia la confiance impériale en faisant sortir de la poussière des greniers et en rendant successivement à l'art par ses soins et ses recherches : la Coupole de Parme, du Corrège; les Anges chez Abraham, de Rembrandt, un Portrait de femme, d'André del Sarte; Jésus guérissant les malades, par Lucas de Leyde; Atalante et Méléagre, superbe peinture exécutée à la détrempe par Rubens; 40 Esquisses de la main de Rubens; la Fruitière de Van der Helst, enfin beaucoup d'autres Tableaux de maîtres.

Après ce premier choix, il fit partie, avec les trois principaux peintres de l'Empire, MM. Bruni, Bassin et Neff, d'une seconde commission pour le choix définitif.

Nous trouvons plus tard M. Lachnicki encore honoré de la confiance IMPÉRIALE, envoyé avec M. Bassin pour choisir et estimer, par ordre de L'EMPEREUR, ceux des Tableaux de la Galerie du roi de Hollande mise en vente que M. Bruni, directeur du musée de Saint-Pétersbourg, eut mission d'acheter aux prix fixés par M. Lachnicki.

Enfin, tout récemment, il vient d'être appelé à succéder au défunt directeur des Beaux-Arts en Pologne.

Jamais dans sa vie intime, malgré les soins qu'exigeaient ses propriétés foncières, M. Lachnicki n'oublia les Beaux-Arts. Chaque année, sa Collection s'est enrichie de nouvelles acquisitions faites en Espagne et en Italie. C'est assez dire qu'elle renferme des œuvres d'un incontestable mérite. Seul, notre tableau de François Clouet dit Jannet, fort intéressant aux points de vue artistique et historique, suffirait pour attirer l'attention de MM. les Amateurs. Nous espérons donc qu'en parcourant notre Catalogue, et y rencontrant des maîtres aimés, ils voudront bien visiter notre Exposition qui les mettra à même d'estimer chaque œuvre à sa propre valeur.

DESCRIPTION DES TABLEAUX

ÉCOLE FRANCAISE

CLOUET

1547

**1 — Diane de Poitiers donnant une nourrice au
duc d'Alençon devant la Cour de France.**

Diane présente le petit duc d'Alençon à Mme Humyères,
gouvernante des enfants de France ; près d'elle est une
nourrice. François II, le jeune Charles IX et la reine
Catherine de Médicis assistent à cette scène de famille

comme spectateurs. Élisabeth qui épousa le roi d'Espagne et Marie Stuart s'y trouvent aussi.

M. Vitet, dans un érudit et intéressant article publié
dans la *Revue des Deux-Mondes* (décembre 1863), a
expliqué le sujet de cet excellent tableau qui depuis s'est
trouvé confirmé par des lettres inédites de Diane de
Poitiers, publiées par M. Georges Guiffrey. M. Vitet termine ainsi son article en parlant de notre tableau :
« Un fait est établi par preuve irréfragable, c'est que la
« France au seizième siècle a produit non-seulement
« d'admirables portraits, mais des tableaux, de vrais
« tableaux, de la peinture de premier ordre. Jusqu'à
« l'apparition de cette page inattendue, le doute était
« permis, maintenant il est impossible. C'est un titre
« d'honneur retrouvé et comme une victoire nationale
« qu'il y a plaisir à célébrer. »

ÉCOLES ALLEMANDE

FLAMANDE & HOLLANDAISE

BOL

(FERDINAND)

1610-1681

2 — **Un Vieillard.**

Il est vu à mi-corps et de trois quarts. Une belle chevelure blanche encadre son visage. Ses mains, appuyées
sur un bâton, se détachent sur sa casaque de velours
rouge couverte en partie par un manteau jeté sur son
épaule droite.

BRACKENBURG

(REINIER)

1649-1718

3 — Scène de Cabaret.

Un homme qui joue du violon en chantant avec une
femme, un enfant assis à terre qui frappe sur un tambour,
un autre personnage qui tire le cordon d'une sonnette,
composent un charivari qui fait accourir la maîtresse de
maison et demander grâce à un brave Hollandais qui,
paisiblement, vidait une canette d'étain qu'il tient à la
main. Un chien, le nez au vent, reste seul tranquille au
milieu de ce tintamarre.

4 — Intérieur hollandais.

Dans un intérieur rustique, un homme assis près d'un
tonneau qui lui sert de table et sur lequel un poisson est
servi, se verse gaîment à boire. En face de lui, une femme
également assise, le coude appuyé sur un panier, tient
élevée une gaufre qu'un enfant sollicite. Au fond, un
homme allume sa pipe à la pipe d'un autre personnage.
Divers accessoires distribués aux différents plans de ce
bon tableau, en terminent l'ensemble.

BREDAEL

(PIERRE VAN)

1630-1691

5 — Rencontre de Cavalerie.

Plusieurs escadrons sont aux prises, le choc est terrible et le combat des plus sanglants. L'engagement a lieu dans une plaine bordée de petites montagnes boisées sur le penchant desquelles on aperçoit plusieurs villages.

DOES

(SIMON VAN DER) *Signé.*

1653-1718

6 — Halte de Chasseurs.

Dans un paysage, sur une hauteur, un cavalier tenant un cheval blanc par la bride, et autour duquel se reposent plusieurs chiens, est rejoint par une dame à cheval et par un autre cavalier qui l'accompagne.

DUCK

(JEAN LE)

1636-1695

7 — Intérieur de Corps de garde.

Ce tableau nous fait assister au réveil des soldats. L'un d'eux, vétéran, procède à sa toilette, se servant d'une grosse caisse en guise de table, étalant dessus ses plus beaux atours : écharpe de soie bleue frangée d'or, chapeau à plumes, col blanc dont il va orner son cou. A sa gauche, un soldat plus jeune, assis sur un panier renversé est à peine éveillé. Ses vêtements débraillés ainsi que ses cheveux, sont encore remplis de la paille sur laquelle il a dormi. Dans le fond, assis sur sa couche, un troisième soldat, tout en fumant, s'entretient avec une espèce d'officier dans une tenue irréprochable. Enfin, divers accessoires tels qu'une selle et ses harnais, un hausse-col, un bissac, terminent cet intérieur d'une couleur agréable et claire.

DURER

(ALBERT)

1470-1528

8 — Portrait d'Homme.

Cet intéressant portrait ayant quelque analogie avec celui du maître qui est à Florence, est vu en buste et

coiffé d'une large toque noire. De longs cheveux enca-
drent son visage et retombent sur ses épaules. Sa physio-
nomie est un peu narquoise et son regard dirigé vers un
objet inconnu, très-expressif.

DYCK

(ANTOINE VAN)

1599-1641

**9 — Portrait d'Isabelle-Claire-Eugénie, souve-
raine des Pays-Bas, fille de Philippe II,
roi d'Espagne.**

Elle est représentée debout, en costume de religieuse.
On sait que Van Dyck a répété plusieurs fois ce portrait qui se voit au reste dans la galerie du Louvre, mais
avec quelques changements de détail. Le plus important
consiste dans une différence d'âge très-accentuée.

EYCK

(ECOLE DE JEAN VAN)

10 — Le Sauveur.

Notre Seigneur donne sa bénédiction de la main
droite et tient la gauche posée sur un globe surmonté
d'une croix.

**

FERGUSSEN

(GUILLAUME) *Signé.*

11 — Nature morte.

Des engins de chasse, un pigeon et divers oiseaux sont déposés sur une table en partie couverte d'un tapis et au-dessus de laquelle sont encore suspendus par les ailes d'autres petits oiseaux.

12 — Nature morte.

Même composition; seulement, dans ce dernier tableau, se trouvent une perdrix rouge et un cor de chasse.

FLINGK

(GOVAERT)

1616-1660

13 — Portrait d'Homme.

Il est coiffé d'un turban blanc orné d'une aigrette. Une barbe soyeuse, mais courte, laisse voir son col et sa poitrine qu'entoure et recouvre une chemise nouée par des cordons. Un pardessus de velours bleu, fermé par une agrafe d'or, termine ce buste d'un bel effet.

GAAEL

(BERNARD)

1650-1703

14 — Les Misères de la Guerre.

Des soldats se sont emparés d'un village qu'ils pillent. Un pauvre homme est amené devant un officier qui l'interroge. Un cavalier, monté sur un cheval blanc, semble attendre le résultat de cet interrogatoire.

HAEN

(G. DE) *gui.*

15 — Le Gourmet.

Debout, il tient d'une main un verre au tiers rempli d'une liqueur dont il montre la limpidité au spectateur; de l'autre main, il soulève le couvercle d'une canette qu'il pose sur une table où sont servies des huîtres sur un plat d'argent et du pain.

HUGTENBOURG

(JEAN VAN)

1646-1733

16 — Choc de Cavalerie.

Sur le premier plan, deux cavaliers lancés au galop s'abordent le pistolet au poing et font feu en même temps. Un cheval blanc qui expire, un soldat blessé qui soulève sa tête y sont renversés à terre. Un peu en arrière, un trompette fait retentir l'air de son instrument, enfin au fond et sur la gauche, partout l'engagement est au plus fort de l'action.

KNUPFER

(NICOLAS)

1603-1667

17 — Saint Paul comparaissant devant Agrippa.

Le roi de Judée, vêtu d'un costume semi-romain, semi-oriental, debout sur un trône élevé, interroge saint Paul qui, les bras chargés de fers, met une main sur son cœur, de l'autre montre le ciel, l'invoquant comme témoin de son innocence. Sur la première marche du trône, à la droite du souverain est assis son ministre, sans doute, à en juger par son riche costume admirablement ajusté. A gauche, au fond, deux personnages debout; sur le devant, au pied du trône, la reine est assise. Chacun écoute avec le plus vif intérêt les paroles de l'Apôtre.

LIMBORCH

(HENRI VAN)

18 — **Sujet mythologique.**

Une reine ou divinité, debout sur un nuage, aborde un fleuve près duquel une naïade est nonchalamment étendue.

LEVENS

(J)

19 — **Allégorie de l'Image de la Vie.**

Un enfant nu, assis sur des draperies blanches et rouges, s'amuse à faire des bulles de savon. Au fond, un sablier marque le temps qui passe, et sur le devant des ossements avertissent que la mort est proche.

MOLENAER

(NICOLAS MIENSE)

1627-1686

20 — La Partie de Cartes.

Deux hommes et deux femmes sont attablés jouant
aux cartes, l'une d'elles montre un as à son partenaire
qui rit de satisfaction en montrant au public que lui en
possède deux. Dans le fond, à gauche, une servante entre
portant une canette et un verre ; à droite un vieillard
caresse une petite fille qu'il tient par le menton, tandis
qu'un petit garçon bat du tambour.

NEEFS

(PIERRE)

1570-1639

21 — Intérieur de Temple.

La vue en est prise au bas de la grande nef que l'on
parcourt dans toute son étendue jusqu'à un jubé que
forme le chœur. Les nefs latérales attestent de la grandeur de ce bel édifice gothique orné seulement d'une

chaire et çà et là d'épitaphes sur panneaux encadrés et adossés aux piliers. De nombreuses figures distribuées avec art donnent l'animation à cet intérieur d'un bel effet.

POEL
(EGBERT VAN DER)

1690

22 — Un Incendie.

Dans l'intérieur d'une ville, la nuit, une foule de gens, plusieurs à l'aide de charrettes, sont occupés à déménager une maison de belle apparence dévorée par les flammes.

REMBRANDT VAN RYN
(PAUL)

1606-1674

23 — Portrait de Rembrandt.

Il est jeune et vu en buste, coiffé d'un chapeau à larges bords qui ombrage la partie supérieure de son visage orné de moustaches blondes et d'une petite mouche au

menton. Ses cheveux crépus, un large col plissé, son
habit noir galonné d'or sur les boutonnières, complètent
ce beau portrait, se détachant sur un fond rempli d'air
qui, joint à l'agrément du coloris, forment un ensemble
des plus harmonieux.

REMBRANDT VAN RYN

(PAUL)

1633, *Signé*

24 — Portrait de Femme.

Également vu en buste, ce portrait d'une couleur
vigoureuse est celui d'une femme âgée, peut-être la
mère de Rembrandt. Sa coiffure est une cornette à bar-
bes relevées sur la tête. Le reste du costume se compose
d'une robe de soie noire et d'une collerette à petits tuyaux
empesés.

SCHALJÉ

Signé.

25 — Vase de Fleurs.

Des pivoines, des pavots, des jacinthes, des pois d'Espagne, des volubilis, des tulipes, des oreilles d'ours, des

œillets, des roses et autres des plus belles fleurs, sont déposées pittoresquement, mais comme au hasard, dans un vase décoré de bas-reliefs, placé sur une console de marbre avec un nid d'oiseau garni de ses œufs.

STEEN

(JEAN)

1636-1678

26 — La Quêteuse.

Une petite fille vêtue de blanc et couronnée de fleurs, suivie de deux autres qui soutiennent sa robe et d'un petit garçon qui porte une espèce de drapeau, recueille dans une coupe d'argent l'aumône que lui présente une jeune enfant. Celle-ci, devant la porte d'une maison au fronton armorié, est debout près d'une vieille femme assise. La gentillesse du cortège fait sourire un bon bourgeois qui s'apprête à offrir son aumône, et deux jeunes gens debout près d'un arbre, derrière une balustre de pierre.

STOPP

(THIERRY)

1610-1686

27 — Attaque d'un Pont.

Le combat a lieu au second plan. Sur le devant du tableau, des cavaliers s'attaquent avec impétuosité.

STOPP
(THIERRY)

28 — Bataille.

L'engagement est général; la cavalerie, partout aux prises, attaque ou se défend valeureusement.

SYLVESTRE
(ISRAEL)

29 — Adam et Ève.

Ils sont assis au pied d'un arbre. Près d'eux le lion, l'agneau, la tourterelle, vivent heureux et calmes. Des anges veillent sur eux.

WEENIX
(JEAN)
1644-1719

30 — L'Oie effarouchée.

Un chien, poursuivant une pie, se heurte contre une oie liée à terre et mêlée à du gibier mort. Elle se défend pourtant du bec et de l'aile restés libres. A ce bruit accourt un jeune garçon qui rappelle le chien à l'ordre. Un chardon sur le devant du tableau, un paysage dans le fond, le terminent.

WYNANTS

(JEAN)

1600-1662

31 — Paysage.

Une route coupée par une mare au premier plan, traverse un campagne accidentée. La gauche du tableau est coupée par un tertre sablonneux bordé d'une clôture en vieilles planches derrière lesquelles sont une tourelle et des touffes d'arbres. La vue s'étend jusqu'à une chaîne de montagnes azurées. Au bord de la route, un chasseur, dont le valet tient le cheval blanc par la bride, ajuste un oiseau perché sur les branches presque dénudées d'un vieil arbre. Un porte-halle et deux paysans assis de l'autre côté de la route examinent l'adresse du chasseur. Un vieux tronc brisé renversé à terre, et deux arbres qui balancent sur un ciel brillant leur léger feuillage, complètent ce paysage clair et d'une belle couleur.

ZORG

(HENRI)

1621-1682

32 — Intérieur de la Cabane d'un Pêcheur.

Des filets, des tonneaux, des vases de terre et de cuivre, une pompe, un escalier de bois, un chat dans une niche, meublent cet intérieur rustique au milieu duquel sont jetés à terre des poissons en quantité, abondante pêche du patron qui se repose en fumant sa pipe d'un air satisfait.

ÉCOLE ESPAGNOLE

CANO·

(ALONZO)

1601-1667

33 — Sainte Famille.

L'enfant Jésus, assis sur les genoux de Marie, bénit le
jeune précurseur humblement placé devant lui. Un peu
en arrière de la Vierge, sainte Anne, sainte Elisabeth,
saint Joseph, Zacharie, Joachim, les yeux pieusement
fixés sur les divins enfants, suivent avec respect cette
scène de famille.

JOANÈS

(VINCENT, *dit* JEAN DE JOANES)

1523-1579

34 — Jésus descendu de la Croix.

Le corps du Sauveur est soutenu par Jean et déposé
sur un suaire étendu par terre au pied de la croix.
La Vierge accablée de douleur, les mains jointes, contemple les restes inanimés de son divin fils. Les saintes
femmes se tiennent respectueusement derrière elle,
tandis que Joseph d'Arimathie et Nicodème recueillent
les instruments de la Passion.

MURILLO

(BARTHÉLEMY-ESTEBAN)

1618-1682

35 — Saint Joseph et l'Enfant Jésus.

Saint Joseph tient l'enfant Jésus debout sur une table
de pierre près de laquelle il est assis et semble l'offrir à
l'admiration. L'une de ses mains entoure le petit corps
de l'enfant en partie couvert d'une draperie blanche, de

l'autre il tient une branche de fleurs. Sa tête est nue, et
le bonheur qui remplit son âme se révèle dans tous
ses traits. Il est vêtu d'une tunique violette et d'un manteau jaune.

RIBERA

(JOSEPH, *dit* L'ESPAGNOLET)

1588-1656

36 — Saint Paul.

Le grand apôtre des Gentils est debout enveloppé d'un
large manteau rouge. Sa main droite étreint avec force
la poignée d'une épée renversée; de la gauche, il tient
un livre. Cette belle figure de grandeur naturelle, vue à
mi-jambe, est de sa manière carravagesque.

VELASQUEZ DE SILVA

(DON DIEGO)

1599-1660

37 — Mars et Vénus surpris par Vulcain.

Dans un paysage mystérieux, à l'ombre d'un vieil arbre
sur les branches duquel le dieu de la guerre a déposé ses
armes, Vénus sommeillant est couchée à terre; Mars,

près d'elle, se lève éveillé et surpris par l'arrivée de Vulcain qui accourt tenant en main les cordes du filet qu'il va lancer sur les deux amants. Dans le ciel, sur des nuages on voit les dieux réunis, et dans le coin à droite, l'Amour qui vient de décocher une dernière flèche.

Velasquez, comme le plus grand nombre des artistes, a singulièrement varié dans l'exécution de ses œuvres ; aussi doit-on les étudier avec la plus grande attention avant tout jugement. Ce ne sont toutefois que de nombreux points de comparaison et les différents avis recueillis d'une foule d'hommes éclairés, qui ont déterminé l'attribution de notre tableau, qui est une œuvre magistrale.

38 — Reddition de Bréda.

Première pensée du célèbre tableau qui se voit dans le musée de Madrid ; esquisse librement faite et d'une couleur brillante.

ZURBARAN

(*Attribué à* FRANÇOIS)

39 — Saint Évêque en prière devant les Instruments de la Passion.

ÉCOLE ITALIENNE

BONIFAZIO

(FRANCESCO)

1637

40 — **Le Sommeil de l'Enfant Jésus.**

Près du lit sur lequel sommeille l'Enfant Jésus, la Vierge est en prière.

CORRÈGE

(ANTONIO ALLEGRI, *dit le*)

1494-1534

41 — **La Vierge, l'Enfant Jésus, sainte Catherine, saint Jérôme et deux Anges.**

Assise sur un tertre au pied d'un arbre, la Vierge soutient sur ses genoux l'Enfant Jésus qui se penche en avant pour écouter un ange qui, placé sur le devant du tableau, pince de la mandoline. Sainte Catherine se tient debout à la droite de Marie dont les regards sont tournés sur saint Jérome placé à sa gauche. Un autre ange s'aperçoit entre les arbres.

Ce tableau de la dernière manière du Corrège, provient du couvent de la Sainte-Trinité de Valence, fondé par la reine Marie d'Arragon. Des dames des familles Colonna, Mendoza, Montagul, y prirent successivement le voile, mais on présume que notre tableau, vendu en 1857 par la Supérieure d'alors, pour subvenir à des dépenses urgentes, fut offert en présent à cette communauté par une nièce de saint François Borgia, duc de Candie, qui y fut religieuse.

Les divers documents qui constatent la provenance de cette œuvre se trouvent entre les mains de notre client.

DOMINIQUIN

(ZAMPIERI, *dit le*)

1581-1641

42 — Saint Sébastien.

Les bras attachés à une colonne, le sein percé d'une flèche, la belle tête du saint martyr, qu'encadre une chevelure blonde retombant en boucles sur ses épaules, est levée vers le ciel et semble appeler les célestes béatitudes.

CONEGLIANO

(GIO, BATTISTA, CIMA DA)

1480-1520

43 — Saint Jean-Baptiste.

Le Précurseur est debout une croix à la main. Il se détache sur un fond de paysage.

SALVATOR ROSA

615-1675

44 — Saint François.

Assis et le coude appuyé sur un bloc de rocher, le saint paraît méditer profondément. Ses yeux sont fixés sur un livre posé devant lui sur le roc et soutenu par une tête de mort.

Peinture vigoureuse d'exécution et de couleur.

SOLARIO

(ANDREA)

45 — Tête de Jésus.

Petit buste d'une exécution fine et suave.

VERON ÈSE

(CALIARI PAUL)

1530-1588

46 — Baptême de Jésus.

Dans un endroit solitaire et boisé, Notre-Seigneur vient d'entrer dans l'eau du Jourdain pour recevoir le baptême des mains de saint Jean placé à sa gauche, s'apprêtant à verser sur son front l'eau régénératrice. L'attitude du Fils de Dieu est celle de l'humilité, mais le Saint-Esprit et les anges accourent, par leur présence, proclamer sa divinité.

DESSINS

MICHEL ANGE

(BUONAROTTI)

1474-1564

47 — Étude d'Hommes.

Dessin à la plume ayant servi à l'exécution du plafond
de la chapelle Sixtine.

MURILLO

(B. ESTEBAN)

8 — La Vierge donnant le Scapulaire à sainte Thérèse.

Pierre d'Italie et sanguine.

CURIOSITÉ

FALCONNET

1671-1702

49 — **Statuette en bronze.**

9 782329 467573